# Buenas noches, Gorila

Peggy Rathmann

Ediciones Ekaré

Buenas noches, Gorila

GORILA

ZOO
JOSÉ

Buenas noches, Elefante

Buenas noches, León
ZOO
JOSÉ

Buenas noches, Hiena
Buenas noches, Jirafa

Buenas noches,
Armadillo

GUARDIA

ZOO

Buenas noches, querido

Buenas noches

Buenas noches

Buenas noches

Buenas noches

Buenas noches

Buenas noches

Buenas noches

GUARDIA

ZOO

GUARDIA

ZOO
Buenas noches, zoológico

Buenas noches,
querido
Buenas noches

Buenas noches, Gorila
Z z z z

Para el Sr. y la Sra. Joseph McQuaid,
y para todos sus pequeños gorilas.

EDICIONES
ekaré

Sexta edición, 2010



Av. Luis Roche, Edif. Banco del Libro, Altamira Sur. Caracas 1060, Venezuela

C/ Sant Agustí 6, bajos. 08012 Barcelona, España

www.ekare.com

Publicado bajo acuerdo con G.P. Putnam's Sons una división de The Putnam and Grosset Group, New York
Título del original: *Goodnight, Gorilla*

ISBN 978-980-257-265-6
HECHO EL DEPÓSITO DE LEY · Depósito Legal lf15120038002667

Impreso en China por South China Printing Co. Ltd.